LE PETIT SAPIN TOUT TORDU

Michael Cutting **Ron Broda**

Texte français de
Cécile Gagnon

Scholastic Canada Ltd.

Photos de William Kuryluk

Données de catalogage avant publication (Canada)

Cutting, Michael, 1929-
    (Little crooked Christmas tree. Français)
    Le petit sapin tout tordu

Traduction de : The little crooked Christmas tree.
ISBN 0-590-73654-X

I. Broda, Ron. II. Titre.
III. Titre : Little crooked Christmas tree. Français.

PS8555.U855L514 1991   jC813'54   C91-094200-5
PZ23.C8Pe 1991

Édition publiée par Scholastic Canada Ltd.,
123 Newkirk Road, Richmond Hill, Ontario, Canada L4C 3G5.

6 5 4 3 2   Imprimé à Hong-Kong   2 3 4 5/9

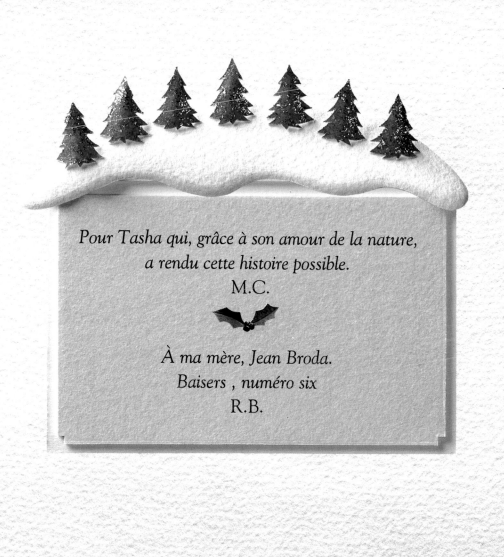

Pour Tasha qui, grâce à son amour de la nature,
a rendu cette histoire possible.
M.C.

À ma mère, Jean Broda.
Baisers , numéro six
R.B.

Hors de la ville, là où commence la campagne, se trouve un champ à l'allure bien particulière. Aux premiers jours du printemps, quand les prés sont nus et sans couleur, celui où poussent de jeunes sapins de Noël est vert et plein de vie. Voici l'histoire d'un de ces sapins.

Depuis longtemps, le petit sapin essaie de déchiffrer les mots peints sur l'enseigne piquée au bout du champ. Enfin, il y arrive. Il lit : «Pépinière Bernier, Sapins de Noël».

Le petit arbre sait qu'il est un sapin, mais il voudrait bien savoir ce que veut dire «sapin de Noël» et même «Noël». Tout ce dont il est sûr, c'est qu'il doit pousser bien haut et bien droit pour une raison spéciale.

Chaque jour un homme vient l'examiner. Il arrache les mauvaises herbes autour de son tronc et l'asperge d'insecticide. C'est pour faire fuir les insectes et les chenilles qui bouchent ses aiguilles et grignotent son écorce.

Maintenant que le petit arbre a sept ans, ses branches sont assez solides pour recevoir la visite des oiseaux et d'autres animaux. Il attend ses visiteurs avec impatience, dans l'espoir qu'ils sauront répondre à ses questions.

La première à lui rendre visite est une oie qui se régale de l'herbe tendre poussant à son pied. Le petit arbre lui demande :

— Mademoiselle l'Oie, s'il vous plaît, qu'est-ce que Noël? Que veut dire «sapin de Noël»?

— Je n'en sais rien, dit l'oie. Moi et mes amies partons vers le sud à cette époque de l'année.

Ensuite, un écureuil arrive en sautant d'un arbre à l'autre.

— Monsieur l'Écureuil, dites-moi : c'est quoi un «sapin de Noël»? Et Noël?

— Je n'en sais rien, répond l'écureuil. Moi, je dors toujours à cette époque de l'année.

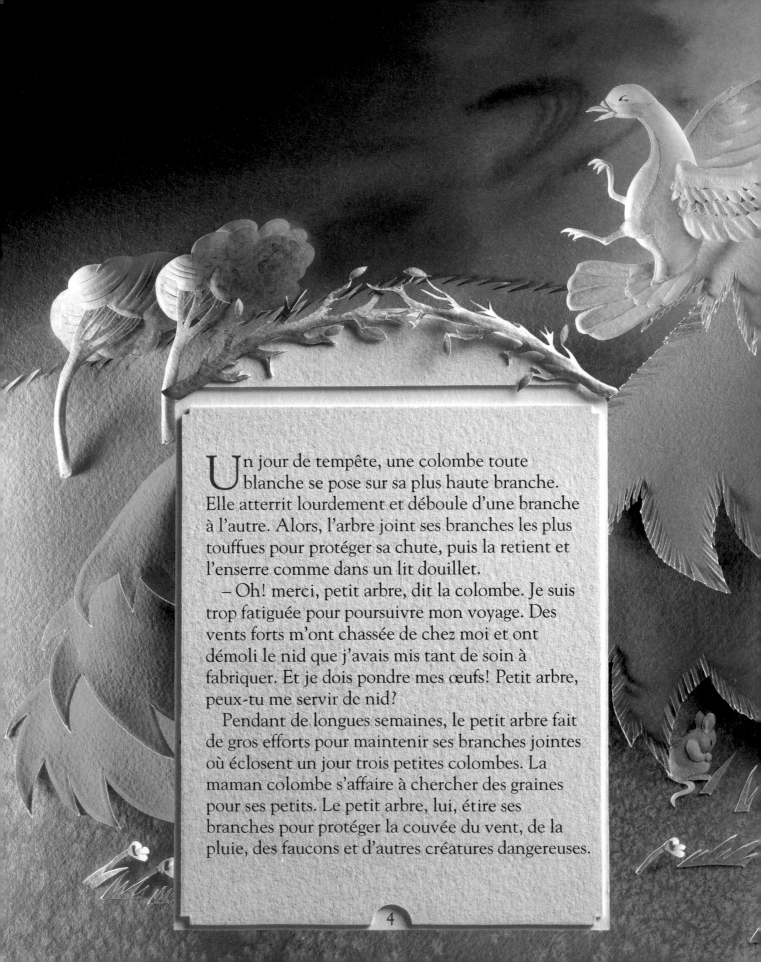

Un jour de tempête, une colombe toute blanche se pose sur sa plus haute branche. Elle atterrit lourdement et déboule d'une branche à l'autre. Alors, l'arbre joint ses branches les plus touffues pour protéger sa chute, puis la retient et l'enserre comme dans un lit douillet.

— Oh! merci, petit arbre, dit la colombe. Je suis trop fatiguée pour poursuivre mon voyage. Des vents forts m'ont chassée de chez moi et ont démoli le nid que j'avais mis tant de soin à fabriquer. Et je dois pondre mes œufs! Petit arbre, peux-tu me servir de nid?

Pendant de longues semaines, le petit arbre fait de gros efforts pour maintenir ses branches jointes où éclosent un jour trois petites colombes. La maman colombe s'affaire à chercher des graines pour ses petits. Le petit arbre, lui, étire ses branches pour protéger la couvée du vent, de la pluie, des faucons et d'autres créatures dangereuses.

Le petit arbre met tant d'énergie à protéger la famille colombe en tirant sur ses branches qu'il oublie de grandir bien haut et bien droit, comme il se doit à un «sapin de Noël». Petit à petit son tronc se tord.

Le pépiniériste l'examine en hochant tristement la tête. Puis il cesse d'arracher les mauvaises herbes qui poussent à son pied. Il ne prend même plus la peine de l'asperger d'insecticide pour éloigner les insectes et les chenilles. Le petit arbre se sent délaissé, mais il n'a pas le coeur d'arrêter de veiller sur la colombe et sa petite famille.

Vient le jour où les petites colombes sont assez
grandes pour apprendre à voler. Elles ouvrent
leurs ailes et s'élancent vers l'arbre voisin. Bientôt,
elles volent de plus en plus loin, mais elles
reviennent chaque soir s'abriter dans les branches
du petit sapin.

Un jour, la maman colombe dit :
— Cher petit arbre, en me sauvant la vie et en soignant mes petits, ton tronc s'est déformé. Le pépiniériste te délaisse, et tout ça, c'est de ma faute.

«Maintenant nous devons retourner dans l'arbre où j'habitais avant. Les gens de la maison voisine y mettent des graines tous les jours de l'hiver pour me nourrir, comme ils l'ont fait pour ma mère et ma grand-mère avant moi. C'est si difficile de trouver à manger l'hiver, et puis je pense qu'ils s'ennuient de moi. Mais je promets de revenir te voir au printemps. Avant de te quitter, dis-moi, que puis-je faire pour toi?»

— Madame la Colombe, s'il vous plaît, dit le petit arbre, pouvez-vous m'expliquer ce que signifie «sapin de Noël»? Et «Noël»? Je sais que je ne deviendrai jamais un sapin comme il faut. Mais j'aimerais savoir ce que j'aurais pu être et ce que deviendront tous ces arbres qui m'entourent.

—Petit arbre, dit la colombe, Noël est le jour où
l'on célèbre la naissance de Jésus-Christ, celui
qui est né pour apporter la paix dans le monde.
Juste avant ce jour, les enfants accompagnés de
leurs familles vont chercher un beau sapin bien
droit. Ils le coupent et l'emportent dans leurs
maisons où ils le garnissent de lumières colorées et
de décorations brillantes. Ils l'entourent aussi de
cadeaux. Grands-parents, oncles, tantes et amis
viennent tous admirer l'arbre. Puis, quand la fête
est finie, on retire les lumières et les décorations et
on jette le pauvre arbre dehors, le laissant dépérir
tout seul dans la neige. Toi qui as poussé tout
courbé en prenant soin de moi et de mes enfants,
tu seras préservé de ce sort.

Et la colombe s'envole avec sa famille.

La neige se met à tomber, les vents soufflent et l'étang gèle. Les oiseaux migrateurs partent vers le sud et les écureuils s'endorment. À la pépinière Bernier, rien ne bouge.

Puis, un jour que la neige tombe doucement, tout s'anime. Grands et petits se bousculent en riant tandis qu'ils cherchent un arbre parfait à emporter chez eux. Quelques personnes examinent même le petit sapin mais après avoir secoué la neige de ses branches et découvert sa silhouette tordue, ils font la moue et passent leur chemin.

Des éclats de rire se mêlent au bruit des haches et du bois qui se fend. Le petit sapin reste figé pendant qu'autour de lui on abat les arbres un à un et on les traîne vers les voitures.

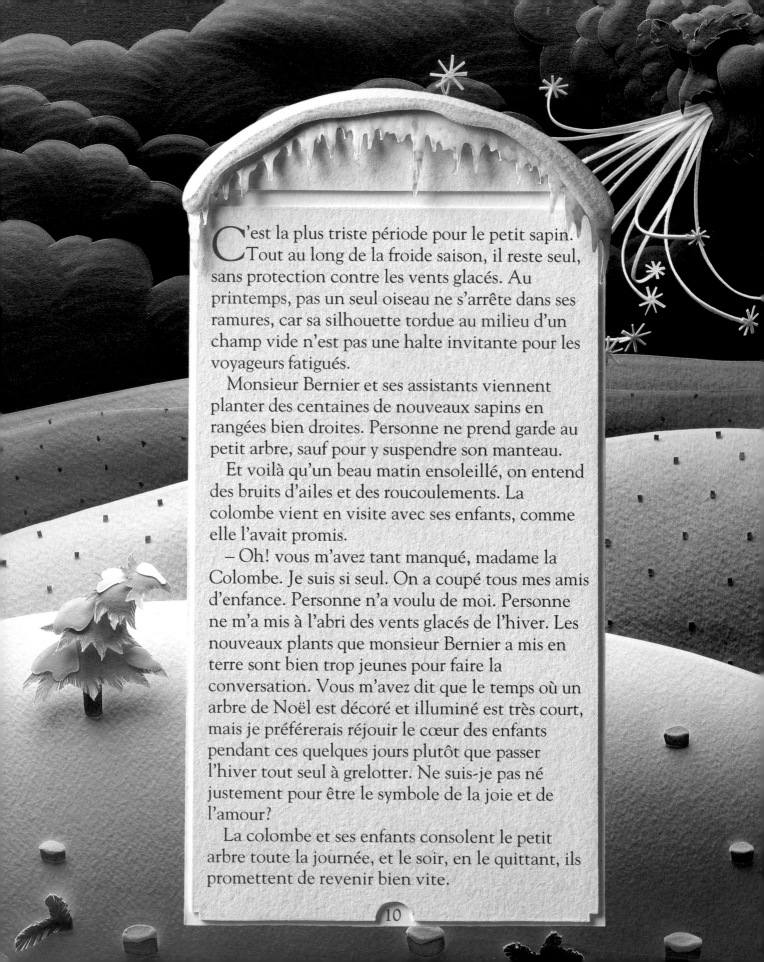

C'est la plus triste période pour le petit sapin. Tout au long de la froide saison, il reste seul, sans protection contre les vents glacés. Au printemps, pas un seul oiseau ne s'arrête dans ses ramures, car sa silhouette tordue au milieu d'un champ vide n'est pas une halte invitante pour les voyageurs fatigués.

Monsieur Bernier et ses assistants viennent planter des centaines de nouveaux sapins en rangées bien droites. Personne ne prend garde au petit arbre, sauf pour y suspendre son manteau.

Et voilà qu'un beau matin ensoleillé, on entend des bruits d'ailes et des roucoulements. La colombe vient en visite avec ses enfants, comme elle l'avait promis.

– Oh! vous m'avez tant manqué, madame la Colombe. Je suis si seul. On a coupé tous mes amis d'enfance. Personne n'a voulu de moi. Personne ne m'a mis à l'abri des vents glacés de l'hiver. Les nouveaux plants que monsieur Bernier a mis en terre sont bien trop jeunes pour faire la conversation. Vous m'avez dit que le temps où un arbre de Noël est décoré et illuminé est très court, mais je préférerais réjouir le cœur des enfants pendant ces quelques jours plutôt que passer l'hiver tout seul à grelotter. Ne suis-je pas né justement pour être le symbole de la joie et de l'amour?

La colombe et ses enfants consolent le petit arbre toute la journée, et le soir, en le quittant, ils promettent de revenir bien vite.

Un beau jour d'été, monsieur Bernier et ses
assistants arrivent avec une étrange machine
et des pelles. Ils creusent la terre tout autour des
racines du petit sapin qu'ils enveloppent dans un
sac de jute humide. Ils le soulèvent délicatement
et le déposent dans un camion.

Durant le long trajet, le soleil dessèche ses
racines et lui donne soif. Enfin le camion s'arrête
devant une grande maison entourée d'un jardin.
Dans ce jardin, un trou profond attend. Les
hommes soulèvent le sapin, détachent le sac de
jute et placent l'arbre dans le trou. Puis ils
remplissent le trou de bonne terre et arrosent le
tout d'eau fraîche. Le petit sapin soupire d'aise et
se dégourdit les racines.

11

Le jour suivant, il inspecte son nouveau voisinage. Tout autour poussent des fleurs étranges. L'herbe ne ressemble pas aux touffes inégales dont il a l'habitude. Mais le plus curieux c'est qu'il est entouré d'arbres comme il n'en a jamais vu. Qu'ils sont hauts! Quelques-uns croissent en bouquets, d'autres s'élancent tout seuls vers les nuages. Certains ont même des fleurs à leurs branches! Mais il n'y a pas un seul autre sapin dans les parages.

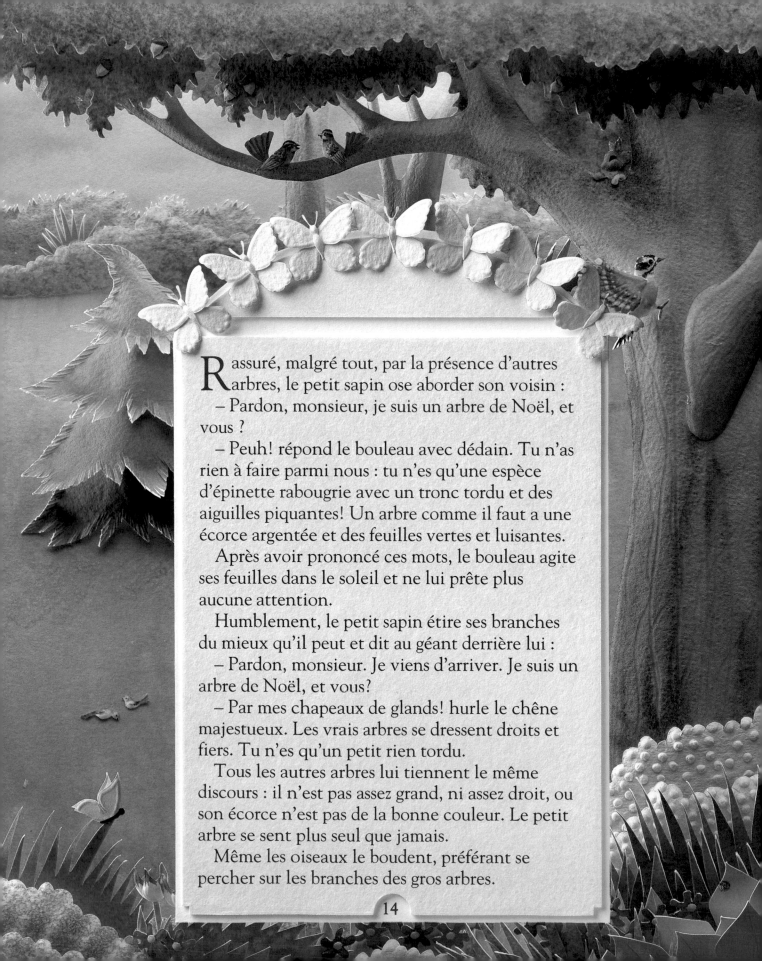

Rassuré, malgré tout, par la présence d'autres arbres, le petit sapin ose aborder son voisin :

– Pardon, monsieur, je suis un arbre de Noël, et vous ?

– Peuh! répond le bouleau avec dédain. Tu n'as rien à faire parmi nous : tu n'es qu'une espèce d'épinette rabougrie avec un tronc tordu et des aiguilles piquantes! Un arbre comme il faut a une écorce argentée et des feuilles vertes et luisantes.

Après avoir prononcé ces mots, le bouleau agite ses feuilles dans le soleil et ne lui prête plus aucune attention.

Humblement, le petit sapin étire ses branches du mieux qu'il peut et dit au géant derrière lui :

– Pardon, monsieur. Je viens d'arriver. Je suis un arbre de Noël, et vous?

– Par mes chapeaux de glands! hurle le chêne majestueux. Les vrais arbres se dressent droits et fiers. Tu n'es qu'un petit rien tordu.

Tous les autres arbres lui tiennent le même discours : il n'est pas assez grand, ni assez droit, ou son écorce n'est pas de la bonne couleur. Le petit arbre se sent plus seul que jamais.

Même les oiseaux le boudent, préférant se percher sur les branches des gros arbres.

L'automne succède à l'été et les nuits sont plus froides : tous les arbres commencent à changer. Leurs feuilles deviennent brunes ou dorées. Puis elles pendent mollement au bout des branches et finissent par tomber au sol. Nu, le grand chêne frissonne. Le bouleau dédaigneux grelotte sous la pluie et les giboulées. Le seul qui reste vert et vigoureux c'est le petit sapin.

Malgré l'hiver chassant l'automne et la pluie se transformant en neige, le petit sapin garde sa belle couleur et toute sa vitalité. Et ses branches se garnissent d'une délicate dentelle de neige blanche.

15

Un jour, il voit venir vers lui les gens de la
maison, les bras chargés d'objets merveilleux.
Ils suspendent des guirlandes de lumières colorées
à ses branches, et le décorent de haut en bas de
boules brillantes.

Le petit sapin se dresse de toute sa taille avec
fierté. Il s'étire et essaie de se tenir le plus droit
possible.

Grâce à ses lumières multicolores et à ses boules
brillantes, personne ne se rend compte qu'il est
courbé et pas très grand. Même que des
promeneurs arrêtent leur voiture pour l'admirer.

Chaque jour, les enfants de la maison inspectent
l'état de ses lumières et de ses décorations pour
s'assurer que tout est en règle. Enfin, le petit sapin
a le sentiment de faire ce qu'on attend de lui.

La veille de Noël, les habitants de la maison s'habillent chaudement et sortent dehors. Des voisins et même des étrangers viennent se joindre à eux. Tous ensemble, ils se mettent à chanter :

Il est minuit et Jésus vient de naître
Pour protéger les nids et les berceaux...

Puis, quand les dernières voix se sont tues dans la nuit calme, on entend un bruit d'ailes et des roucoulements. Les chanteurs lèvent les yeux et aperçoivent une ravissante colombe blanche perchée sur la cime du petit sapin.

17

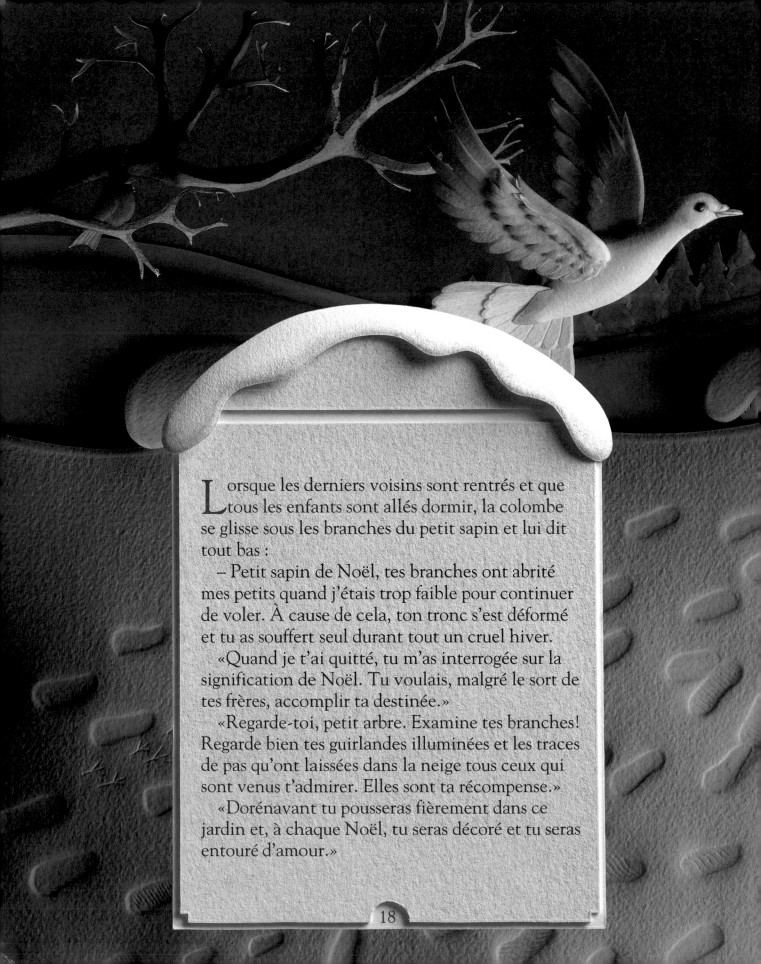

Lorsque les derniers voisins sont rentrés et que tous les enfants sont allés dormir, la colombe se glisse sous les branches du petit sapin et lui dit tout bas :

– Petit sapin de Noël, tes branches ont abrité mes petits quand j'étais trop faible pour continuer de voler. À cause de cela, ton tronc s'est déformé et tu as souffert seul durant tout un cruel hiver.

«Quand je t'ai quitté, tu m'as interrogée sur la signification de Noël. Tu voulais, malgré le sort de tes frères, accomplir ta destinée.»

«Regarde-toi, petit arbre. Examine tes branches! Regarde bien tes guirlandes illuminées et les traces de pas qu'ont laissées dans la neige tous ceux qui sont venus t'admirer. Elles sont ta récompense.»

«Dorénavant tu pousseras fièrement dans ce jardin et, à chaque Noël, tu seras décoré et tu seras entouré d'amour.»

Le petit sapin se regarde et se voit briller dans la nuit. Il voit les traces de pas de tous ces gens qui sont venus partager leur joie avec lui. Et il se sent plus beau et plus grand que tous les arbres qui ont jamais poussé dans ce jardin.